LES

LAQUES JAPONAIS

AU TROCADÉRO

PAR

CHARLES ÉPHRUSSI

EXTRAIT DE LA *GAZETTE DES BEAUX-ARTS*
Décembre 1878

PARIS

IMPRIMERIE A. QUANTIN

ANCIENNE MAISON J. CLAYE

7, RUE SAINT-BENOIT

—

1879

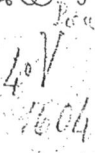

LES LAQUES JAPONAIS

AU TROCADÉRO

1.

Parmi les objets d'art japonais exposés dans les salles du Trocadéro, les laques, tout en n'occupant qu'une place modeste, méritent une attention particulière. Ces produits d'un art délicat et raffiné remplissent à peine cinq ou six vitrines, mais ce petit espace contient un choix de laques assez varié pour donner une idée complète d'une des inventions qui font le plus d'honneur à la patience et au goût de l'industrieux Japonais.

Prenez en main une de ces boîtes en laque d'or, si légères, si douces au toucher, sur lesquelles l'artiste a représenté des pommiers en fleur, une eau dormante que sillonnent des grues sacrées, et au-dessus une ligne de montagnes ondulant sous un ciel nuageux, ou bien quelques personnages aux robes flottantes, dans des attitudes bizarres à nos yeux, mais toujours élégantes et gracieuses, devisant sous leurs grands parasols; ou encore les armoiries d'un puissant mikado capricieusement dessinées : vous êtes frappé de

l'extrême délicatesse du travail, de la richesse de la matière, de la variété
des effets obtenus, de la netteté des reliefs, de l'ingéniosité de la compo-
sition ; vous vous sentez en présence d'un art tout à fait exotique ; l'Europe,
qui crée tant de merveilles, ne saurait rien produire de si achevé, il y
faut une souplesse de main toute féminine, une dextérité persévérante,
un sacrifice de temps que les nations de l'Occident ne voudraient pas faire
avec tant d'insouciance ; seul le laborieux artiste japonais, qui ne compte
pas les heures, peut mener à bonne fin ce travail de fée.

La plupart de ceux même qui admirent ces petits chefs-d'œuvre
ne connaissent guère la substance employée, ni les procédés de fabrication. Le laque est le produit du *Rhus vernicifera*, arbre appartenant à
la famille des *Anacardiacés*, qui atteint en six ou sept ans une hauteur
de 20 à 25 pieds [1]. Lorsque l'arbre est arrivé à son entière maturité (de
six à huit ans), on en extrait le vernis en y pratiquant des incisions
horizontales, environ à 30 pouces l'une de l'autre, chacune de 6 pouces
de longueur, au milieu desquelles est percée une ouverture circulaire
destinée à provoquer l'issue de la sève, qui est recueillie dans une
spatule en fer. On peut encore couper les branches de l'arbre, les
plonger dans l'eau pendant trois semaines environ et, à l'aide d'incisions, en extraire le suc. Le meilleur vernis est celui qu'on récolte
de la fin de juillet au milieu de septembre. A sa sortie de l'arbre, il est
de couleur blanc mat et assez semblable à de la crème ; exposé à
l'air et à la lumière, il prend bientôt des teintes brunes et finit par de-
venir presque entièrement noir. Il est vénéneux à tel point que les ou-
vriers qui le recueillent enduisent leurs figures et leurs mains de matières
grasses pour empêcher le poison de pénétrer à travers les pores de la
peau. Il est employé tantôt seul, à l'état naturel, tantôt délayé avec de
l'huile ou mêlé à certaines substances telles que le sulfate de fer, le
vermillon, le benigara, composé d'oxyde rouge de fer, et quelques
poudres qui ont pour effet de le durcir ou de le colorer.

Les laques exécutés avec ces différentes sortes de vernis sont
dus à des procédés très nombreux et très variés. Nous nous conten-
terons de décrire sommairement la fabrication du genre qui demande
le plus de soins. On taille délicatement le bois qu'il faut revêtir de
laque ; les interstices sont bouchés au moyen d'une pâte composée de
farine de froment, de sciure et de vernis brut. Sur ce bois est appliquée
une couche d'un enduit formé d'argile calcinée et de vernis brut étendu

---

[1]. Nous avons emprunté la plupart de ces détails à l'intéressant travail : *les Laques
du Japon,* publié par M. Maéda, le savant commissaire général du Japon à l'Exposition universelle, dans la *Revue scientifique,* n° 50, juin 1878.

d'eau, que l'on recouvre d'un certain nombre de couches analogues
et qu'on polit avec une pierre à repasser grossière. De nouvelles couches
sont ajoutées et polies à leur tour au moyen d'une pierre à repasser plus
fine. Alors seulement l'objet est placé dans un coffre en bois dont l'intérieur a été lavé à l'eau, de façon que le laque durcisse dans une
atmosphère obscure et humide ; au dire des hommes du métier, cette pré-

INTÉRIEUR D'UN CABINET EN LAQUE D'OR.

(Collection de Mme L. Cahen, d'Anvers.)

caution est absolument nécessaire pour produire le prompt durcissement
et la belle apparence de l'objet fabriqué; enfin la polissure au charbon
de bois vient clore la longue liste de ces délicates opérations.

Tel est le fond sur lequel l'ornemaniste exécute soit des marbrures
qui sont la décoration la plus simple de ces laques, soit des dessins
moins sommaires et d'une variété infinie. Les marbrures s'obtiennent
ainsi : le vernis mêlé à diverses matières colorantes, cinabre, orpiment,
oxyde rouge de fer, bleu de Prusse, etc., et frappé avec une spatule très
mince, s'attache en partie à cette spatule et produit des dépressions qui

sont la base des marbrures ; les polissures successives avec le charbon de bois et un mélange d'huile et de pierre à aiguiser pulvérisée donnent à l'œuvre un brillant irréprochable. Les laques ne sont définitivement achevés qu'après la superposition de quinze à dix-huit couches dont chacune a été l'objet d'un travail spécial. Quant aux dessins, ils sont de deux espèces : unis ou en relief. Le dessin uni est produit par toute une série d'opérations : on trace au recto d'une feuille de papier les sujets que l'on veut reproduire sur le laque, on suit au verso de cette feuille les traits des dessins avec un pinceau chargé d'un mélange de vermillon et de vernis chauffé sur un feu doux. Le côté enduit de ce mélange est appliqué sur le laque et le revers du papier est frotté avec une spatule en bambou ; puis avec un petit sac en soie rempli de pierre à aiguiser réduite en poudre presque impalpable, on frappe légèrement, pour la faire ressortir, la partie du laque sur laquelle on vient de calquer le dessin que l'on recouvre de poudre d'or, tantôt à l'aide d'un petit tube, tantôt au moyen d'un pinceau fait de poil de cheval ou de cerf ; on termine par les polissures accoutumées.

Les dessins en relief se font par un mélange de vernis et d'oxyde rouge de fer semé, avant le durcissement, de poudre fine de charbon ; on y ajoute autant de couches de laque et de colcotar qu'il en faut pour produire le relief voulu. Les poudres d'or, d'argent, de bronze sont appliquées sur la couche finale pendant que ce vernis est encore à l'état visqueux, en sorte que ces poudres trempées dans ce vernis frais forment une couche épaisse composée principalement de métal. Le laqueur, tout en n'ayant à sa disposition qu'un nombre très limité de couleurs, arrive à une grande variété de teintes, soit en graduant savamment l'épaisseur des couches, soit en employant des poudres de métaux divers, de tons nuancés, soit en incrustant dans le laque des morceaux de métal précieux, d'ivoire et de nacre purs ou colorés.

Ces procédés de dessin conviennent à la fois au laque noir ou de couleur et à une espèce encore plus précieuse, dite le laque d'or. Celui-ci réclame des soins plus minutieux et un art plus consommé ; on l'obtient en saupoudrant de menus morceaux de feuilles d'or une couche fraîche de vernis ; la surface une fois durcie est polie et enduite d'une autre espèce de vernis, préparé à l'aide d'un tamisage soigné et d'un mélange d'une petite quantité de gomme-gutte. Distribué en couches légères, ce vernis reste transparent, de façon à laisser apercevoir les paillettes d'or qu'il recouvre. Pour les qualités inférieures, au lieu de feuilles d'or on emploie des feuilles d'étain.

Les fonds sur lesquels s'exerce l'art du laqueur peuvent être en bois, en carton même, à ce qu'on assure (et ainsi s'expliquerait l'extrême légèreté de certains objets), en ivoire, en écaille, en métal, etc. Souvent, d'ailleurs, les laques noirs ou de couleur sont tellement chargés

LAQUE NOIRE A DESSINS D'OR EN RELIEF.

(Ancienne collection du duc de Morny.)

de poudre et de pointillé d'or, d'incrustations de différents métaux et d'ornements multiples, qu'il est très difficile d'en distinguer le fond[1].

1. Les laques bien fabriqués acquièrent une étonnante solidité; on s'en sert pour les liquides alcooliques et même pour les boissons chaudes sans les détériorer aucunement. Au commencement de 1874, le steamer français *le Nil* coula sur les côtes du Japon, à une profondeur d'environ vingt-cinq brasses; on réussit, après dix-huit mois, à retirer du bateau naufragé plus de deux cents caisses, dont quelques-unes contenaient des laques. Malgré un si long séjour au fond de la mer, les laques avaient conservé tout leur éclat, tandis que les autres objets étaient plus ou moins endommagés. (V. *Official Catalogue of the Japanese section*. Philadelphie, 1876.)

II.

L'histoire de la fabrication des laques est peu connue en Europe; il ne nous est parvenu sur ce sujet intéressant que quelques indications empruntées à un petit nombre d'écrivains japonais. D'après eux, l'art du laqueur remonterait à une assez haute antiquité.

Il est déjà parlé de meubles en laque dans un vieux livre japonais, publié environ 180 ans avant l'ère chrétienne. Dans le temple de Todaiji à Nara, province de Yamato, sont conservées des boîtes en laque, destinées à contenir des livres de prières et faites, dit-on, au IIIe siècle après J.-C. Plusieurs écrivains indigènes du IVe et du Ve siècle mentionnent, mais par malheur en termes fort brefs, les laques rouges, les laques d'or; en 480, une femme célèbre par ses travaux littéraires parle d'un nouveau genre de laque incrusté de nacre; chez aucun de ces auteurs on ne trouve de renseignements, même sommaires, sur les procédés de fabrication. Les guerres civiles qui désolèrent ensuite le Japon paraissent avoir interrompu pendant une assez longue période (664-910) le travail des objets vernissés, qui reprit plus tard un nouvel essor. « Ces objets, dit M. Maéda, fabriqués de 910 à 1650, portent le nom de *Jidai-mono*, et sont fort appréciés par les amateurs. » Il est regrettable que le savant japonais ne nous donne aucun document qui justifie le choix de ces deux dates si précises et si éloignées l'une de l'autre. Sir Rutherford Alcock, longtemps ministre d'Angleterre au Japon, cite encore un artiste du IIIe siècle comme le fondateur d'une école particulière de peinture sur laque[1].

Sans qu'on puisse préciser l'époque où cette industrie atteint son apogée, il est certain que les produits de cet art délicat furent de tout temps fort appréciés par les indigènes. Les boîtes laquées étaient considérées comme de très riches présents. On les plaçait généralement dans la partie la plus retirée de la maison, loin du regard profane des étrangers. Fabriquées dans des établissements subventionnés par les souverains, elles n'en sortaient que pour orner les maisons princières et ne paraissaient jamais sur les marchés publics. Seuls les princes de Kaga et d'Omi avaient le droit de donner des soucoupes ornées de peintures en laque, représentant des grues, des tortues, des bambous, des sapins[2]. Gersaint[3]

1. V. *Art and Art industries in Japon*, by sir Rutherford Alcock. Londres, 1878.

2. V. Titsingh, *Cérémonies usitées au Japon pour les mariages, funérailles et les principales fêtes de l'année*. 1822, 3 v., t. II, p. 87.

3. *Catalogue Angran de Fonsperluis.*

constate (1747) que les laques étaient plus recherchés aux Indes qu'en Europe; que les Bataves (malgré leur admission à Nagasaki) n'en voyaient presque jamais au Japon et qu'à peine en recevaient-ils quelques-uns comme marque d'estime de la part des hauts personnages du pays. Les membres de la factorerie de Dezima, au dire de Dubois de Jancigny, se voyaient quelquefois offrir par leurs amis japonais des objets en laque, mais seulement de deuxième qualité. En 1664, onze navires venus des Indes orientales en Hollande apportèrent environ 45,000 porcelaines du Japon fort rares et seulement 101 pièces de laque ; onze autres bateaux,

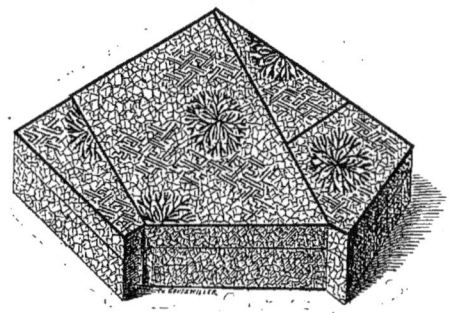

BOÎTE EN LAQUE BLANC

(Collection de Mme L. Cahen, d'Anvers.)

partis de Batavia dans la même année, contenaient 16,580 pièces de porcelaine et seulement 12 laques [1].

On voit avec quel soin jaloux les Japonais gardaient pour eux ces merveilles de l'art indigène. Jusqu'à nos jours les laques furent très rarement exportés, et en Europe on les considérait comme chose de haute valeur. Pour suppléer à la rareté des produits originaux, on essaya à diverses époques de les imiter. Ainsi, dans l'inventaire de Molière, il est fait mention d'*un petit cabinet de vernis de la Chine* et de deux pièces imitées, « deux porte-carreaux de bois verni *façon de Chine* ». Plus tard, le fameux Martin l'aîné imite des laques de Chine et du Japon et arrive à une perfection qui est attestée par le *Mercure* contemporain et

1. Thévenot, *Rapport du Directeur de la Compagnie des Indes orientales*, etc. p. 11 et 12.

par Voltaire lui-même; celui-ci dans son épître *Tu et Vous* parle de

> ... ces cabinets où Martin
> A surpassé l'art de la Chine[1].

Mme de Pompadour, toujours à la recherche des choses élégantes, acheta pour plus de 110,000 livres de vernis japonais[2]. La reine Marie-Antoinette réunit un riche ensemble de laques que l'on admire encore aujourd'hui au Musée du Louvre. Il fallait à la fois le crédit et la fortune d'une favorite ou d'une reine pour atteindre à la possession enviée de ces objets presque introuvables.

Depuis que le port de Nagasaki n'est plus seul ouvert au commerce d'une seule nation, et que le Japon est entré en relations régulières avec l'Europe, on connaît mieux dans l'Occident les chefs-d'œuvre de l'extrême Orient. La dernière révolution qui a renversé le taïkounat a beaucoup contribué à la vulgarisation des œuvres d'art séquestrées dans les maisons princières.

A la faveur des troubles, suivis de nombreuses dépossessions, il s'est vendu une quantité considérable de précieux objets qui ont pris le chemin de l'Europe. Les laques figurent pour une large part dans cette exportation et sont maintenant connus de tous nos amateurs. On les voit apparaître à l'Exposition de Londres en 1862, à celle de Paris en 1867, où ils occupent une place importante, aux expositions de Vienne et de Philadelphie en 1873 et 1876, et surtout à l'exposition actuelle, où ils ont obtenu un si vif et si légitime succès.

Il convient ici de faire une distinction entre les laques de fabrication ancienne, exposés pour la plupart dans les galeries rétrospectives du Trocadéro, et les laques modernes répandus à profusion dans la section japonaise du Champ de Mars. On sait que les laques anciens sont considérés comme les plus achevés, et qu'au Japon même ils sont devenus fort rares et par suite fort recherchés. Mais il faut se hâter de dire qu'une sorte de Renaissance dans l'art des laques s'est produite au Japon depuis quelques années et que les magnifiques spécimens de l'industrie contemporaine ne le cèdent en rien aux produits des meilleurs temps. Il y a plus : les modernes abordent des travaux beaucoup plus importants que leurs devanciers et on peut voir au Champ de Mars tel paravent en laque, presque supérieur à tout ce que le Japon avait pu produire jusqu'ici.

1. V. l'article *Musée rétrospectif*, de M. Paul Mantz, *Gazette des Beaux-Arts*, t. XX, p. 78.
   V. Edmond et Jules de Goncourt, *Madame de Pompadour*. Charpentier, 1878.

III.

Les laques exposés au Trocadéro ont été prêtés, les uns par des collectionneurs ou des marchands japonais, les autres par des possesseurs européens ; ils sont de dates très diverses ; bon nombre remonteraient à une haute antiquité s'il fallait en croire les classifications des exposants indigènes. C'est ainsi qu'une petite boîte de forme carrée, en laque noir, est présentée avec cette indication, « faite il y a onze cents ans ». Sur

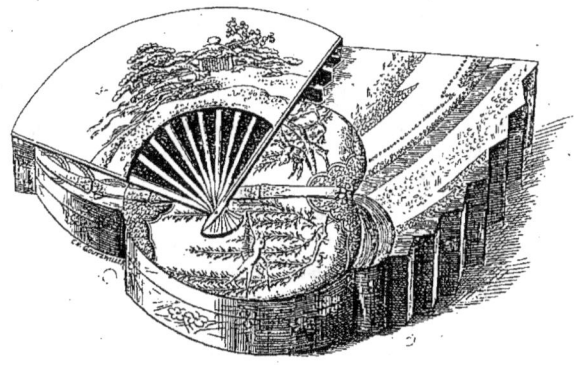

BOÎTE EN LAQUE D'OR.

(Collection de Mᵐᵉ L. Cahen, d'Anvers.)

le couvercle une divinité bouddhique en prière apparaît au milieu de nuages qui se répandent jusque sur les côtés. Tout le dessin est doré et porte le caractère d'une époque assez reculée, mais nous ne pouvons croire qu'on puisse le reporter à onze siècles en arrière. Il n'offre pas, à beaucoup près, un cachet d'archaïsme aussi lointain. Cette date tout à fait arbitraire nous ramène d'ailleurs dans la longue période où les guerres civiles désolaient le Japon et avaient entièrement interrompu la fabrication du laque ; il faut, croyons-nous, rajeunir cette boîte de quelques centaines d'années. Nous accorderions plus volontiers un âge respectable à quatre divinités sur panneaux oblongs séparés, juchées sur des piédestaux assez semblables à ceux sur lesquels sont posés les saints et les saintes des écoles de peinture de la Renaissance allemande. Malheureu-

sement ces quatre panneaux ont beaucoup souffert : les couleurs des
robes à ornements d'or ont presque complètement disparu, en ne laissant
que de faibles traces de tons verts, roses ou rouges. Il est facile cependant de reconnaître un dessin fin et soigné, des accessoires et des costumes traités, ainsi que les bijoux, avec une rare précision. Les têtes ont
l'expression semi-sauvage qu'on trouve souvent dans les œuvres de tout
pays dont l'art est encore loin de son apogée. Ces quatre divinités, au
dire de l'exposant, n'ont pas moins de huit siècles, et cette vieillesse
nous paraît moins surfaite que celle de la boîte précédente. Dans tous ces
objets les couches de vernis sont très minces, sans aucun relief ; on dirait
des peintures faites à la détrempe.

Très ancienne encore (600 ans, selon l'exposant) est une écritoire en
bois recouverte en partie de laque rouge ; dans un coin, en haut, une
inscription de huit lettres en nacre. Les couches de vernis sont nombreuses, le laque épais est d'un beau ton de cire à cacheter. Du même
âge (?) une boîte ronde fond or avec branchages et feuilles en nacre. Citons
encore parmi les pièces anciennes deux boîtes rondes en laque rouge
sculpté d'un fort relief, d'un dessin très vigoureux, représentant des chrysanthèmes reliés entre eux par des enroulements de tiges ; un coffret à
fond noir pointillé d'or et orné de chrysanthèmes d'argent, de fleurs
dont les pétales s'épanouissent largement en or, et d'incrustations de
paillettes de laques multicolores. Ce coffret révèle déjà un art plus
avancé et des procédés plus modernes ; l'exposant lui donne 450 ans ; il
nous paraît sensiblement plus jeune. Nous en dirons autant d'une boîte
et d'un plateau rouge, imitant le laque de Pékin, qui sont loin d'avoir
atteint les 450 ans que le propriétaire leur attribue. En général, les
exposants japonais ont une tendance marquée à vieillir les beaux produits de leur art, comme si, par une coquetterie ordinaire à tous les
peuples, ils voulaient assurer à leur civilisation une plus haute antiquité.

Une tablette d'une vitrine est réservée à des laques dits du xve et du
xvie siècle. Il faut admirer le travail délicat d'un coffret à fond noir,
dont le dessus est orné d'un grand éventail doré tout ouvert, sur lequel
ressort avec un fin relief un paysage accidenté où des oiseaux se jouent
dans les arbres ; quelques rochers sont indiqués par des morceaux de
nacre. Le même art, avec plus de raffinement, se retrouve dans une écritoire en belle aventurine, où s'étale un riche bouquet de fleurs et de
feuilles ; au milieu un vase renversé, dans le haut un énorme soleil
fait d'une seule plaque d'argent. Ces laques et d'autres nous semblent,
malgré les indications des exposants, assez postérieurs au xve et au

xvie siècle; ils appartiennent, selon nous, au xviie, peut-être même au xviiie, où l'art des laques atteint sa perfection.

Tous les morceaux de cette dernière époque, et le Trocadéro en réunit un grand nombre, sont également remarquables. Quel charmant fouillis de petites boîtes aux formes diverses, carrées, rectangulaires, ovales, contournées, avec de capricieuses silhouettes d'instruments de musique,

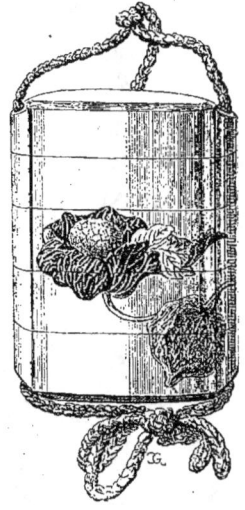

BOÎTE DE MÉDECINE EN LAQUE

(Collection de M. Ph. Burty.)

de sacs de riz, de faisceaux de bambous, de gourdes, de barils, de poissons, de maisonnettes, de fruits! L'intérieur n'est pas moins curieux que le dehors; même dans les plus petits objets, on est étonné de trouver, sous de minces plateaux, d'autres menues boîtes de toutes formes, des tiroirs microscopiques et une foule de riens charmants; le tout remarquable par la justesse de l'emboîtement et l'exacte adhérence de la tabletterie, si bien que, pour faire sortir les boîtes intérieures, il faut les pousser en passant le doigt dans un trou pratiqué à la partie inférieure de l'enveloppe. Signalons aux amateurs, parmi les objets de p'us grande dimension, le numéro 101 *bis*, une boîte en fond aventuriné à gros grains : un aigle de tons gris, semblables à ceux de l'argent vieilli, nuancés avec tant de délicatesse qu'on croit voir chacune des plumes, étreint de ses griffes d'or une sorte de corbeau au plumage noir ; le lieu de la scène qui forme le premier plan est d'un relief assez accen-

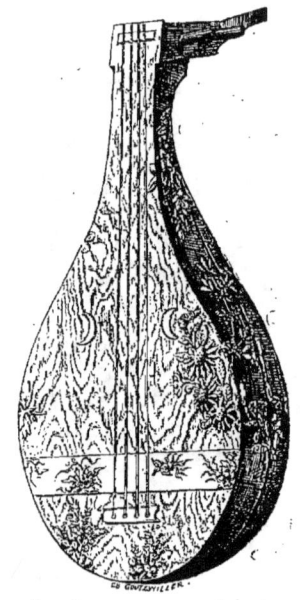

BOITE EN FORME DE GUITARE, LAQUE D'OR

(Collection de M. Ch. Ephrussi.)

tué et d'une aventurine plus fine ; quelques plumes de la victime y sont semées çà et là ; les feuilles d'un sapin placé derrière les combattants offrent les tons d'or les plus variés. Toute la gamme du gris au noir et de l'or clair à l'or foncé se rencontre dans ce gracieux objet. Une autre boîte d'aventurine encore plus serrée semble faite de sable d'or. Elle est ornée à droite en haut et à gauche en bas de plaques, groupées par trois, sur lesquelles sont dessinés comme au burin des fleurs, des feuilles et des losanges avec quelques inscriptions. C'est le chef-d'œuvre du genre. Un échantillon rare et original d'incrustations variées est une écritoire

dont le dessus montre un personnage debout à côté de son cheval.
L'homme et sa monture sont en ivoire colorié, sauf la figure et les mains

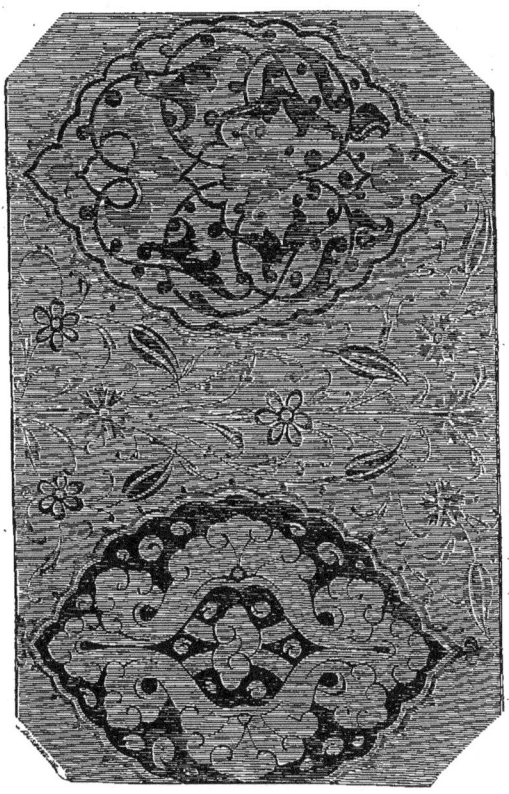

LAQUE ROUGE DE L'INDE.

(Collection de M. Jules Boilly.)

du cavalier, qui sont en nacre, ainsi qu'un large éventail que tient une
des mains. Au-dessus une guirlande de feuilles de vigne également en
nacre. Le groupe, d'un relief très épais, est vigoureusement dessiné;
l'œuvre semble être de la fin du XVIIᵉ siècle.

Le plus étonnant morceau de laque d'or est peut-être une boîte oblongue à trois compartiments, dont le premier contient un plateau. Sur le couvercle, un paysage avec une grande cascade; le dessin paraît ciselé dans le plus pur métal d'or. On oublie qu'on est devant un objet en laque; l'or, sans aucun alliage, semble avoir fait les frais de cette œuvre exquise; on croit voir un lingot fondu et transformé en boîte. Cette orfèvrerie sur bois fait partie de l'exposition de M. Minoda Chojiro, qui présente encore, entre autres pièces rares, un remarquable cabinet en laque d'or, de plus récente fabrication, formant étagère, avec petits paysages.

Tous les objets exposés révèlent un art profondément national au point de vue du sentiment, de la forme et des procédés. Même après que les Européens ont pénétré au Japon, après les prédications triomphantes de saint François Xavier et de ses successeurs, après l'établissement des Hollandais à Nagasaki, l'art japonais conserve toute sa pureté. Sans doute les Portugais d'abord, puis les « Bataves », introduisent au Japon des modèles de l'industrie européenne, et on retrouve inévitablement quelques traces de ces importations dans les productions indigènes; mais cette influence, d'ailleurs très limitée, de l'Europe est acceptée et non subie. De Siebold parle des emprunts faits par les Japonais aux Européens, en constatant cependant qu'ils se les assimilent et les transforment en leur donnant le caractère national.

De nos jours même, bien que le Japon s'ouvre de plus en plus aux nations de l'Occident, la contagion européenne effleure à peine le tempérament national. Les œuvres contemporaines sont aussi *japonaises* que celles du passé, sauf quelques rares travaux exécutés sur commande pour des amateurs occidentaux.

Le Trocadéro possède un échantillon déjà ancien de ce mélange de motifs européens et de procédés japonais : c'est un très beau paravent, composé de neuf panneaux de plus de 2 mètres de hauteur, envoyé par M. Davis, de Londres. Le dessin est hollandais : il représente un des *gracht* (canal) d'Amsterdam, bordé d'un quai avec maisons et surmonté au premier plan d'un pont; au fond une partie de la ville. Des personnages en riches costumes du xviie siècle, des barques semées sur le canal, donnent à la scène une animation toute particulière; l'architecture est travaillée avec un soin minutieux; tous les détails des façades sont indiqués avec précision. L'artiste japonais, sans modifier aucunement le caractère hollandais du dessin, a su l'approprier avec un rare bonheur aux procédés nationaux. L'œuvre est en laque champlevé; les épaisseurs du bois indiquent la différence des plans; les eaux, en laque usé, sont

LAQUE DÉCORANTÉ DE L'INDE.

(Collection de M. Jules Boilly.)

d'une transparence vitrée, les terrains en aventurine sont chargés de
maisons et de groupes d'arbres en laque doré; sur les façades se déta-
chent des pilastres et des colonnes en laque rouge translucide, d'un relief
très saillant. Le haut du paravent forme un grand fronton de style
rocaille avec fleurs et branchages; le bas est orné de riches motifs dans
le style Bérain. Ce remarquable travail porte en lui-même sa date; il
appartient au xvii⁰ siècle.

Jetons enfin un rapide coup d'œil sur les vitrines exposées par les
amateurs parisiens : remarquons d'abord les curieux objets appartenant
à Mᵐᵉ L. Cahen (d'Anvers): un ravissant cabinet en fond aventurine moucheté, de la fin du xvii⁰ siècle, que nous reproduisons ici ; toutes les
ressources de l'art du laqueur ont été épuisées pour ce bijou de 10 cen-
timètres de haut sur 13 de large; sur les quatre côtés, de minuscules
personnages, des grues et de petites girafes au milieu de paysages acci-
dentés ; la devanture s'enlevant, le dedans se montre partagé dans la
hauteur en deux parties d'inégale dimension, ici quatre petits tiroirs, là
un godet orné de papillons, doublé d'argent à l'intérieur, sur un plateau semé de fleurs; le tout soutenu par un tiroir qui occupe toute la
largeur du cabinet. — Une boîte en laque blanc, la seule que nous con-
naissions, d'une surprenante délicatesse, dont l'intérieur est en aventurine; elle semble faite de morceaux de coquilles d'œufs réunis par des
filaments noirs; sur le dessus, de légères fleurs de lichen en vernis doré
à côté de dessins géométriques. Nous donnons ici une reproduction de
cette pièce charmante. — Une foule de boîtes étrangement gracieuses
de laque d'or, en forme de coqs, de grues dormant, de canards
mandarins, de chouettes, de poissons grands et petits, d'œufs, de
fruits, où figurent tantôt deux papillons aux ailes déployées, tantôt
des gerbes de bambous, tantôt des groupes d'écrans et d'éventails (nous
en donnons ici un échantillon), tantôt encore des personnages accroupis.
Citons aussi les écritoires et les cabinets du siècle dernier, exposés par
M. Bing; la belle boîte plate en laque rouge décoré de figures peintes
au dedans et au dehors; et la petite boîte en laque burgauté du mar-
quis de Thuisy; les pharmacies, dont une en ivoire laqué, de M. de
la Narde.

Parmi toutes ces collections, celle de M. Ph. Burty mérite sans contredit
une mention spéciale. Elle a été formée non par le caprice d'un amateur
opulent qui peut satisfaire toutes ses convoitises, mais par le choix d'un
critique éclairé cherchant moins les curiosités chères que les chefs-
d'œuvre rares. Elle contient les échantillons les plus variés au double
point de vue de la matière et du décor : un cabinet en laque d'or avec

fond à dessins géométriques, décoré d'un pommier à fleurs d'argent enlacé dans un sapin; au dedans, quatre petits plateaux dessinés sur toutes les faces, en fine aventurine; l'objet n'a que 6 centimères de haut sur 6 et demi de profondeur et quatre et demi de large, et, tout minuscule qu'il est, il paraît à peine petit, tant la délicatesse du travail en rehausse l'importance; une boîte en ivoire sur quatre pieds, ornée de dragons laqués d'or; un peigne burgauté en laque doré sur fond noir, avec un pêle-mêle de fleurs, feuilles et branchages; toute une série (une soixantaine) de pharmacies portatives offrant les spécimens les plus divers d'incrustations de nacre ou de métal, de paysages fantastiques et pleins de poésie, d'insectes de toutes espèces, d'ornements typiques; de ce nombre, une boîte en laque noir moucheté d'or, avec des feuilles de narcisse en or rouge et jaune; une autre boîte en laque d'or mat uni avec des sauterelles, des papillons et libellules en nacre colorié; une troisième, faite de ce laque usé si apprécié par les Japonais mêmes, orné de fleurs et de feuilles; une quatrième enfin, nous la donnons ici, dont le fond, en or uni, est décoré de fruits en forme de cerise dans des gousses transparentes. Tous ces petits trésors sont le commentaire matériel des belles études consacrées par M. Burty à une forme de l'art qui lui est si chère, *au japonisme*, comme lui-même l'a appelée. A ce riche choix s'ajoutent les laques prêtés par l'auteur même de cette étude, parmi lesquels nous signalons une guitare en laque d'or, dont nous donnons la gravure, et « un petit tabouret en forme de boîte à trois pieds, de fond brun, glacé en or, avec feuillages en or et fruits rouges de relief; à l'intérieur, un petit plateau fond or rembruni, glacé [1] ».

Ces quelques pages suffiront-elles pour donner au lecteur une idée un peu précise d'un art réellement exceptionnel? Les qualités qui se révèlent le plus dans ces objets d'une fabrication si délicate sont l'iné-puisable patience de l'artiste, l'amour de la difficulté vaincue, la fécon-dité capricieuse des motifs, l'étonnante diversité des formes, la rare justesse dans l'agencement des parties. Cet art remonte, nous l'ad-mettons volontiers avec les écrivains japonais, à une très haute antiquité qu'il est cependant difficile ou impossible de déterminer, tant que les docu-ments originaux ne seront pas portés à la connaissance du « japoniste » européen. Si nous osons hasarder une hypothèse sur les divers degrés d'ancienneté des objets exposés au Trocadéro, les laques noirs et rouges à

---

1. Nous empruntons cette description à l'inventaire des laques du Louvre ayant appartenu à Marie-Antoinette, parmi lesquels nous avons rencontré une boîte entière-ment semblable à la nôtre. Nous publierons très prochainement, dans la *Gazette des Beaux-Arts,* ce curieux inventaire.

www.ingramcontent.com/pod-product-compliance
Lightning Source LLC
Chambersburg PA
CBHW061512170626
46811CB00004B/1717